HOUSTON PUBLIC LIBRARY

W9-CPP-606

Para Terry y Ana
N. S.

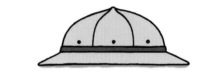

Para Daisy y Harry
S. S.

Cualquier forma de reproducción, distribución, comunicación pública o transformación de esta obra
solo puede ser realizada con la autorización de sus titulares, salvo excepción prevista por la ley.
Diríjase a CEDRO (Centro Español de Derechos Reprográficos, www.cedro.org)
si necesita fotocopiar o escanear algún fragmento de esta obra.

Título original: SOMETHING BEGINNING WITH BLUE
© Texto: Sally Symes y Nick Sharratt, 2010
© Ilustraciones: Nick Sharratt, 2010

Con el acuerdo de Walker Books Ltd, 87 Vauxhall Walk, Londres SE 11 5HJ

© EDITORIAL JUVENTUD, S.A., 2011
Provença, 101 - 08029 Barcelona
info@editorialjuventud.es
www.editorialjuventud.es

Traducción de Élodie Bourgeois
Primera edición, 2011

ISBN 978-84-261-3842-2

Núm. de edición de E. J.: 12.350

Printed in China

Veo, veo una cosa de color…
AZUL

Nick
Sharratt

Sally
Symes

editorial juventud

Barcelona

Veo, veo una cosa de color…

azul.

No es el cielo azul, ni es el mar azul.

Es quinientas cincuenta veces más **grande** que yo…

¡Una ballena **azul**!

Veo, veo una cosa

de color…

verde.

No es una de estas

ni una de estas.

Tiene la piel muy dura, con escamas,
y echa **humo** por la nariz…

Veo, veo una cosa

de color…

gris.

No come queso.

Tal vez un poco de heno.

Si ves que **corre** hacia ti,

yo que tú me apartaría

del camino (¡y rápido!)

¡Un rinoceronte **gris**!

Veo, veo una cosa

de color…

marrón.

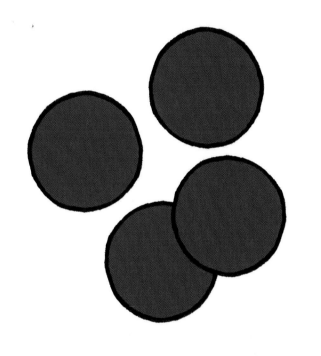 

No son galletas de chocolate.

No es una lechuza marrón.

Tiene un pelaje precioso y suave,

pero su gruñido es muy **feroz**…

¡Un oso **marrón**!

Veo, veo una cosa

de color…

negro.

No es un mirlo.

No es un gato negro.

Tiene ocho patas que mueve sin parar

y es **gorda** y peluda…

¡Una araña **negra**!

Veo, veo una cosa

de color…

¡mmmmm!

De

todos los

colores que ves…

¿Adivinas qué es?

¡Es nuestra fiesta de disfraces!

+SP
E SHARR

Sharratt, Nick.
Veo, veo una cosa de color--
azul
Bracewell Picture Books JUV
CIRC
07/12

Friends of the
Houston Public Library